2択で学ぶ 赤ペン俳句教室

夏井いつき

目次

序章

はじめに

正直に言います。

この番組『プレバト!!』の俳句コーナーが始まった頃、私は腹ばかり立てていました。なんといっても、送られてくる俳句が信じられないほど下手くそなのです。なのに、それを添削しろと要求してくる。苦労して添削して送り返すと、スタッフの方が「五七五で直してくれ」なんぞとわけのわからないことを平然といってくるのです。「これは『句またがり』という型だ」「これは『字余り』というテクニックだ」と説明しても、全く通じない。本当に私は怒ってばかりいました。

しかし、番組が続いていくうちに、制作スタッフの俳句脳はみるみる育っていきました。俳句における様々な用語や技の名、型の種類が彼らの脳内に蓄積されていくと、添削のポイントをまとめる解説の精度が上がってきます。実にわかりやすくなる。いやはや「継続は力なり」とは、このことをいうのだとつくづく感心しました。

やがて制作スタッフたちは、時折出てくる秀句に「うまいなあ！」と声をあげるようになりました。最初の頃は、何がうまくて何が拙いのか全くわからなかったのに、「あの句を読んだとたんに、鳥肌が立ちました」なんていってくれるようになる。実に嬉しいことです。さらに、「ここには、どんな助詞が入る？」という私の問いかけに、誰よりも早く、さらっと司会の浜田雅功さんが正解を答えるようになります。これもまた特大の副産物でした。

『プレバト!!』俳句コーナーを視聴者の皆さんが面白く観てくださる一番の理由は、名人・特待生の成長を目の当たりにすることではないかと思います。真剣な学び、真摯な姿勢。お若いKis-My-Ft2の横尾渉さんや千賀健永さんが、楽屋で仲間たちと俳句を考える様子を話してくれたり。「勉強するってカッコいい！」「努力できるってスゴイ！」と身をもって示してくれることは、若者たちへの素晴らしいメッセージです。

出演者全員が真剣に学び、少しずつ変容していく様子を、誰もが応援したくなる。

その過程で生まれた秀句を共に喜ぶ。それが、この番組の大きな魅力なのだと思います。

私が特に印象に残っている名人・特待生の皆さんの俳句にはこんなものがあります。

紫陽花の泡立つ車窓午後の雨　梅沢富美男

セイウチの麻酔の効き目夏の空　FUJIWARA 藤本敏史

野良犬の吠える沼尻花筏　東国原英夫

初日記とめはねに差すひかりかな　フルーツポンチ　村上健志

これらの俳句は、視聴者の皆さんの心にも強く残っているかもしれませんね。さらに、名人・特待生以外の皆さんの秀句の中にも、忘れがたいものがたくさんあります。

6の次7の菜の花漕ぐペダル　藤井隆
故郷の干物ゆらめく辱暑かな　犬山紙子
向日葵の波に逆らひ兄逝きぬ　筒井真理子
もてなしの豆腐ぶら下げ風の盆　柴田理恵
凍て空よ出稼ぎの父待つホーム　鳥越俊太郎
亡き友よ星河渡れ我れジョバンニ　渡辺えり

いかがでしょう、あなたのお気に入りもありましたか？

私たちはたまたま日本という国に生まれ、たまたま日本語が話せる幸運に恵まれました。美しく豊かな言語を、自然に話せ、書ける喜びを、「俳句」を通して改めて実感していただけたら嬉しいなと思うのです。

テレビの力はスゴイです。

番組を観てくださる皆さんの心に、『プレバト!!』から生まれた秀句の数々は、ささやかな感動となって刻まれていきます。

自分も作ってみようかと思う人も増えています。この番組が蒔き続ける「俳句の種」は、やがて大きな言葉の樹となって、日本という国を豊かに支えるに違いないと確信しています。

そんな番組を創り上げたスタッフたちに、私は心からお礼をいいたい。最初の頃、怒ってばかりでごめんね、と謝りたい。「これからもよろしく」と、誠心誠意伝えたい。

そんな気持ちで、今『プレバト!!』公式本第二弾をまとめようとしています。

夏井いつき

1章

2択で学ぶ「才能アリ」・「才能ナシ」はどっち?

問

「卒業式」という様々な感情が入り混じる情景を詠むことが評価のポイント。どちらが「才能アリ」でしょう？

A

空に翔べ仰げば尊し風光る

大和田伸也

B

行く春や学び舎《や》の影踏んでみる

大和田獏

写真提供：ピクスタ

夏井先生からのお題

卒業式

答

A

空に翔べ仰げば尊し風光る

（添削：「空」の前に「この」、「に」を「へ」に　▼方向を示す助詞「へ」に）

季語＝春

大和田伸也

解説

作者は、「卒業式で卒業の歌を歌ったあと、我が師やお世話になった人の懐を飛び出し、希望にあふれて世の中に出ていく」様子を句に込めたということでした。

一見、かっこよくできているように見えますが、発想そのものは凡人の典型。その証拠に、全国各地の学校で行われる校長の式辞や来賓の挨拶には、この手の言葉がちりばめられています。

さらに、「空に翔べ／仰げば尊し／風光る」と三段切れになっているのもマイナスポイント。せめて、本歌取りの部分「仰げば尊し」を上五に字余りで置いて、中七下五を整えましょう。

添削後　仰げば尊し風光るこの空へ翔べ

「翔べ」とまでいっているわけですから、「空に」ではなく「空へ」と方向を示す助詞にすると、勢いが増します。

B

行く春や学び舎の影踏んでみる

季語＝春

▼微妙なニュアンスの表現が可能

大和田獏

解説

「行く春」は、晩春の季語ですから、卒業して数年ぶりに母校を訪れた場面かと解釈。「学び舎の影」を踏むという行為から、作中人物の胸中には様々な思いがあるに違いない、と読み取ることができます。

最後の着地ですが、「踏んでみる」と軽くおさめると、作者の心に去来する思いも軽やかに甘い気分となります。最後の一語を別の動詞にすると、さまざまなニュアンスの気分を表現することができます。

添削後　行く春や学び舎の影踏み過ぎぬ

添削後　行く春や学び舎の影踏み仰ぐ

「踏み過ぎぬ」だと、やや冷淡な気持ちになりますね。「踏み仰ぐ」だと、影を踏み、立ち止まり「学び舎」をしみじみと仰ぎ見る感じです。着地を決める最後の動詞三音で、微妙な心理を表現できます。

問

季語の知識は、俳句をつくる上で非常に重要。「雛まつり」にまつわる季語を使った両者、どちらが「才能ナシ」でしょう？

A

甘酒に酔えぬと内裏《だいり》手を叩き

佐野史郎

B

絢爛《けんらん》な雛を納めて居間の寂しさ

つるの剛士

写真提供：ピクスタ

夏井先生からのお題

雛まつり

答

A

甘酒に酔えぬと内裏手を叩き

佐野史郎

季語＝夏
白
▼白酒＝春の季語
では
男雛
く
▼終止形で言いとめる

解説

発想に滑稽味があり評価できますが、俳句的知識不足による問題点もいくつかあります。まず、「甘酒」は夏の季語。暑気払いのために飲んだのが、季語としての由来です。雛まつりにそなえるのは「白酒《しろざけ》」ですね。

さらに「内裏」の一語には、意味が二つあります。一つは、「天皇の住居としての宮殿。御所」。もう一つは、「内裏雛《だいりびな》」の略です。

この句の場合は、「内裏雛」を略す意味として使っているのだろうと思います。しかし、「内裏雛」とは「天皇・皇后をかたどった男女一対の雛人形」を指す言葉で、男性の人形のみを指して「内裏」「お内裏様」と呼ぶのは誤った使い方なのです。

作者が表現したかったのが、「白酒では酔えないよ、と男雛が手を叩いて、女中《じょちゅう》を呼んでまっとうな酒をくれといいたがっている」という句意であれば、以下のように直す必要があります。ひとまず俳句的知識のみの添削。

添削後

白酒では酔えぬと男雛手を叩く

B

絢爛な雛を納めて居間の寂しさ　つるの剛士

▼雛の説明

雛納して

我が

▼感情ではなく「広さかな」と居間を説明

解説

十七音が「雛納《ひなおさ》め」という季語一つで言い表せるほど内容がスカスカです。「雛」とは、「絢爛な」もの。そして、季語「雛納め」には、雛を片付けたあとの「寂しさ」も内包されています。一語でそこまで表現できる、それが季語の力というものです。

となれば、この句で「雛納め」という季語の中に内包されていない言葉は「居間」の一語のみ。どうしたらよいのでしょう、情報が少ないですが「居間」という言葉を生かし、二つの添削パターンを考えました。

添削後　雛納して我が居間の広さかな

添削後　雛納して我が小《ち》さき居間広し

問

感情を映像に託すことができているかが評価のポイント。どちらが「才能アリ」でしょう？

A

青《あお》楓《かえで》君何色に染まりゆく

草野満代

B

青き日の煌《きら》めく雫夏薫る

銀シャリ　橋本直

夏井先生からのお題

五月の新緑の公園

答

A

青楓君何色に染まりゆく　草野満代

季語＝夏（青楓）
あかるし（青楓君）
は（君何）
陳腐（染まりゆく）
余った音数を「青楓」の描写に使う

解説

「ゴールデンウィーク明けの公園。少しだけ東京に慣れてきた頃、上京したての自分が、これからどんな色に染まっていくのか、期待と不安が入り混じった様子を表現している」と作者は思いを語ってくれました。

それにしても、凡人はなぜ、なんでもかんでも「染まりゆく」といいたいのでしょう。「君何色に」と書けば、意味は伝わります。余った音数で、主役である季語「青楓」を描写すべきです。

添削後

青楓あかるし君は何色に

これは、句またがりの型。「青楓あかるし／君は何色に」と、カットがかわります。

B

青き日の煌めく雫夏薫る

季語：夏

青葉の印象
青春のイメージ

銀シャリ 橋本直

解説

やや印象的になってはいますが、美しい言葉を選んでおり、それらが作者の表現したい詩の世界を作っています。「青き日」は、青葉の印象とともに青春の日のイメージも込めているのでしょう。青葉も、青春の日々も、煌めいていたに違いありません。

唯一はっきりとした映像を持っている「雫」が、「夏」という季語の美しさを光の印象として表現。添削する可能性があるとすれば、「薫る」の一語なのですが、この手の句は添削するとバランスが崩れるので、このまま味わいましょう。

問

詩的な表現とはどんなものか、今回はそこが評価のポイント。どちらが「才能アリ」でしょう？

A

母逝きて喪《も》屋《や》の標《しる》べに色紫陽花《あじさい》

熊谷真実

B

紫陽花や長谷寺濡れて頬も濡れ

田中要次

写真提供：ピクスタ

夏井先生からのお題

鎌倉のあじさい

答

A

母逝きて喪屋の標べに色紫陽花

（「に」→「の」、「色」→「濃」と添削）

▼「に」は場所を示す助詞＝散文的

熊谷真実

解説

まずは、言葉の意味を押さえましょう。「喪屋」とは、「①『死者の親族たちが一定の期間、遺体とともに、またはその近くに、忌籠《いみごもり》の生活をする建物』。②『上代の習俗で、葬式の日まで遺体を仮に安置する所』（大辞林第三版）の意味。「喪屋」への道を案内してくれるように「紫陽花」が咲いているよ、という一句です。

作者としては、身近な「母」の葬儀の思い出として書いた句なのだろうと思いますが、作者自身の「母逝きて」という感慨が、「喪屋」という特殊な一語によって時代をワープし、「標べ」に導かれるように、過去の「紫陽花」から現在の「紫陽花」に再び戻ってくるような感覚で読めます。

惜しいのは、下五「色紫陽花」という言葉の違和感。下五を五音にするという意味でも、「紫陽花」の印象を強く残すという意味でも、こんな季語を使ってみましょう。

添削後

母逝きて喪屋の標べの濃紫陽花

B

紫陽花や長谷寺濡れて頬も濡れ

田中要次

▼語順を整理！（②紫陽花や→に　①長谷寺　は雨　④頬　③濡れ→るる）

▼ベタな表現（濡れて頬も）

解説

作者は、「ある人と一緒に紫陽花を見た。そんな季節にあの人は嫁いでしまった、あるいは逝ってしまった」そんな情景を思い浮かべ、詠んだといいます。

上五「紫陽花」、中七「長谷寺」、下五「頬」、それぞれ違う要素の映像が描かれています。もったいないのは、「頬も濡れ」が「涙で濡れているのですよ」というベタな表現になっている点です。

別のものによって「濡れ」ているのだけれど、「ひょっとすると涙でも濡れているのではないかしら」ぐらいの表現にできると、作品としての純度が上がります。

添削後　長谷寺は雨紫陽花に濡るる頬

「長谷寺は雨」で、カットが切れます。そして、「紫陽花」が出てきて、その紫陽花の雫に濡れる「頬」が出てくる。「紫陽花」を愛でる「頬」は、「ひょっとすると何かの思いによって涙で濡れているのかも」と読者に想像させることができると、「才能アリ」になります。

問

俳句では、作者の意図をきちんと伝えるのが大前提。どちらが「才能アリ」でしょう？

A

歩を進め箱根空木《うつぎ》のごとき類

中田有紀

B

雨あがる箱根うつぎの咲《わら》う径《みち》

中田喜子

夏井先生からのお題

初夏の箱根

答

A

歩を進め箱根空木のごとき頬
中田有紀

登りきし
季語＝夏
咲く
君の

▼木の樹皮のような頬ってごつごつしてるの？と思われる

解説

「箱根といえば登山やハイキングをイメージします」と、作者はご自身の箱根への思いを語ってくれました。「ハイキングの道中、季節の植物である『箱根空木』の花も楽しめると思います。箱根空木の花は、白やピンク、赤と色を変えるので、山道を進んで次第に頬が紅潮する姿に重ねてみました」と。

空木のような、木に咲く花を季語として使う時は、「花空木」「空木の花」「空木咲く」と書かなくてはいけません。中七下五「箱根空木のごとき頬」という表現は、木の肌みたいにゴツゴツしてるのか？と読まれる可能性も否定できません。

花であるということと、花の色と頬の色が似ているということ、この二つをきちんと表現してみましょう。字余りになりますが、致し方ありません。

添削後

箱根空木咲く登りきし君の頬

「箱根空木咲く／登りきし君の頬」、／のところに意味の切れ目があります。

B

雨あがる箱根うつぎの咲う径

中田喜子

◎「わらう」と読ませる工夫

後の空

季語＝夏

▼映像を足す

解説

作者は、「白からピンクに変わる箱根空木」を表現した句ということでした。「咲う」と書いて「わらう」と読ませる、よく勉強していますね。無難に整っていますが、上五の「雨あがる」がもったいない。「雨あがる」は、「雨後」の一語で伝えられます。余った三音を使えば、さらに映像が確保できますよ。

添削後　雨後の空箱根うつぎの咲う径

上五を「雨後の空」とすることで見上げる視線も表現されます。「空」の映像を明確にすることで下五「径」とのあいだに空間も生まれます。空間が生まれると初夏の心地よい風も感じられるようになります。

『プレバト!!』を支える皆さん

『プレバト!!』は多くの方に支えられてここまでの人気番組になることができました。まずは、大好きなメイク室の皆さん、そして頼れる衣装さんをご紹介します。

メイク室は憩いの場です。明るくて賑やかなスタッフばかりです。私は、ただのオバちゃん俳人なので、タレントさんのように、「こうしてほしい」とか、「これはダメ」などを明確に述べるのが苦手です。メイク室の皆さんは、そんな私の心を察してくださって、毎回その日の肌や髪の状態、疲れ具合（笑）などから判断し、手早く整えてくださいます。

全員がずーっとしゃべっているのに手を動かす速度が落ちないのにも「プロやなあ〜」と、いつも感心します。

メイク室のボス一条純子さんは、俳号「純々子《じゅんじゅんし》」さん。時々、「俳句ができた！」と披露してくれます。今のところは、凡人街道まっしぐらですが、継続は力なり。「才能アリ」の一句を詠んでくれる日も近いはずです。

着付けは宮沢愛さん。大胆にして細やか、そしてちょっぴりお茶目。『プレバト!!』がご縁で、雑誌の撮影の折なども、宮沢さんに着付けをお願いしています。

私は番組ではすっかり着物キャラですが、実は日常生活ではほとんど着物を着ることはありません。着物を着慣れていない私にとって、この人がいなくては心が落ち着かない、頼りにしている女性です。

番組で着ているのは、宮崎県都城市の東郷織物さんの紬《つむぎ》です。その東郷織物さんのギャラリーで句会ライブをした折、初めてその紬を着る機会をいただきました。紬を通したとたん肌がうっとりする着心地。「すごーい！」と感動したご縁で、衣装提供をしてくださるようになりました。

いつぞや、このウン十万円する着物に、赤ペンのインクを飛ばして、肝を冷やしたことがあります。その時も宮沢さんが、キレイに落としてくれたのでした。こうした皆さんに支えられての『プレバト!!』なのです。

問

作者の実感が込もった比喩表現はどちらでしょう？　どちらかが「才能アリ」です。

A

五月雨に動くワイパー演奏会

滝沢沙織

B

泳ぎすぎ帰路の遠雷《えんらい》子守歌《こもりうた》

風間トオル

夏井先生からのお題

雨のフロントガラス

答

A

五月雨に動くワイパーの演奏会

滝沢沙織

③季語＝夏
▼どんなふうに？
を
②
しずかに
①
▼比喩が陳腐
の
▼この一字のみ生かす
づ

解説

音を立てるもの、鳴くものを前にすると、ついつい「演奏会」と比喩したくなるのが、凡人のパターン。作者ならではの表現がほしいところです。

添削後　ワイパーの演奏五月雨を奏づ

「演奏」と「奏づ」と似たような情報が二つ入りますので、「演奏」の部分を、静かな雨なのか激しい雨なのか、わかるように表現してみましょう。

添削後　ワイパーのしずかに五月雨を奏づ

添削後　ワイパーの激しく五月雨を奏づ

B

泳ぎすぎ帰路の遠雷子守歌

た日　は

季語＝夏

風間トオル

解説

「夏の海で泳ぎすぎ、疲れた体で帰りの運転をしている時に、遠くで落雷があり、それが徐々に近づいてくる。それがまるで子守り歌のように聞こえ眠気を誘う」という作者の視点が盛り込まれた句です。

「泳ぐ」「遠雷」二つの季語が入っていますが、この場合は「遠雷」が主たる季語。「泳ぎすぎ」た時の虚脱感に「遠雷」の音が響いてくる。この感覚に詩があります。ゆっくりと静かな印象の内容ですから、その気分を素直に表現しましょう。字余りになりますが、こんな具合です。

添削後

泳ぎすぎた日の遠雷は子守歌

作者が風間さんだとわかると、もっと大人の表情が見える句にしたくなりました。

添削後

泳ぎすぎた日の遠雷にまどろみぬ

問

いかに映像化できるかは俳句における重要なポイントです。どちらが「才能アリ」でしょうか?

A

麗《うらら》かや潮騒《しおさい》汽笛《きてき》コンチェルト

松岡充

B

定年に花の錦の門出《かどで》かな

柴田理恵

夏井先生からのお題

江ノ電と桜

答

A 麗かや潮騒／汽笛／コンチェルト

松岡充

季語＝春

名詞を並べて音を聞かせる

解説

「相模湾の潮騒の音が優しい調べに聞こえる。時折、江ノ電のクラクションが管楽器のフレーズに感じられ、まるで協奏曲を聞いているようだ」というアーティストらしい一句です。

「汽笛」は船や蒸気機関車のものですから、この句の字面から見えてくる光景は、おのずと作者の意図するものになります。

「麗かや」は春の心地よい日ざしを表現する季語ですが、これといった映像を持たない時候の季語です。このような場合、中七下五には、何らかの映像を取り合わせるのが定石《じょうせき》ですが、「潮騒汽笛」と音を並べ、その向こう側に映像を想像させる点に工夫があります。

下五の着地もおしゃれ。中七の音の重なりがいかにも麗らかな協奏曲を聴いているかのようです。添削はありません。

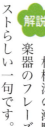

B

定年に花の錦の門出かな

（添削書き込み：定年→乗務記録記す／に→の日の／花→桜）

▼イメージのみになってしまっており、残念

柴田理恵

解説

「今日で定年をむかえる電車の運転手さんの気持ちを詠んだ」という作者。残念ながら、中七下五に賑々《にぎにぎ》しい言葉が並んでいますが、ほぼ映像のない句になっています。辛うじて、上五「定年」の一語が状況を伝えているのみ。作者の自解にある「今日で定年をむかえる電車の運転手さん」であることは、全く伝わりません。

「花」の一語も季語として機能しているというよりは、「花の錦の門出」と慣用句めいたフレーズに取り込まれてしまっています。桜の咲く光景と、電車の運転手さんの定年の日であることがわかる言葉を入れてみます。

添削後

乗務記録記す定年の日の桜

添削後

乗務日誌閉ず定年の日の桜

問

俳句の十七音に欲張って内容を詰め込むと、一句が破綻します。欲張りすぎないのが評価のポイント。今回はどちらが「才能アリ」でしょうか？

A

トンネルの上も日本や茶摘み唄

尾木直樹

B

天空の茶畑の下黄泉《よみ》へのトンネル

渡辺えり

写真提供：ピクスタ

夏井先生からのお題

茶畑

答

A トンネルの上も日本や茶摘み唄

詠嘆が利いている

季語＝春

尾木直樹

解説

「トンネルの上には茶畑が広がり、茶摘み唄も聞こえてくる。海外には見られない日本独特の風景が広がっており『日本の伝統風景』に日本らしさを感じて嬉しくなった」という作者の思いがそのまま描かれた一句。

「トンネルの上も日本」ってどういう意味だろうと思ったとたん、下五「茶摘み唄」が出てくるので、「トンネル」の上には茶畑が広がっていて、いかにも「日本」の原風景のような景色だなと想像ができます。

助詞「も」が散文的ではありますが、他の助詞では意味が変わってしまいます。これは、動かしにくい「も」ですから、このままでＯＫ。添削はありません。

B

天空の茶畑の下黄泉へのトンネル

▼詰め込みすぎなので内容を一つ削る

季語＝春

穴

は

渡辺えり

解説

「詩を作ろう」というはっきりとした意思があることはわかりますが、いいたいことを詰めすぎたため十七音がパンクしています。とにかく、内容を削らなければ、五七五におさまりません。どの情報を削ることが可能でしょう？　必要なのは、「茶畑」とその下にある「トンネル」の穴が「黄泉」への入り口のようだ、ということですから、「天空」を諦めましょう。

添削後　茶畑の下トンネルは黄泉への穴

「茶畑の下／トンネルは黄泉への穴」、／でカットが切り替わります。下五が字余りにはなりますが、「茶畑の下」の「トンネル」を、「黄泉への穴」だといい切ることで、そこに詩が生まれます。下五「黄泉への穴」は、読み手をそこに引きずり込むような字余りの効果となります。その穴の暗さがクローズアップされることで、「茶畑」の明るい緑も際立ちます。

問

俳句では、構造や語順も重要なポイント。どちらが「才能アリ」でしょうか？

A

街灯《あか》り吐息は白く星滲《にじ》む

中川翔子

B

残業中窓下の聖《せい》樹《じゅ》灯が消える

千原ジュニア

写真提供：三菱地所（株）

夏井先生からのお題

丸の内
イルミネーション

答

▼語順に工夫を！

A

④街灯り　①吐息は白く　③星滲む②

（添削記号：「は」を削除、「く」→「し」、「と」を挿入、「む」→「める」）

▼〈光景〉が分断されている

〈光景〉〈人物〉〈光景〉

中川翔子

解説

「街灯り」と「星滲む」は光景ですね。この二つの間に「吐息は白く」と人物が入っている構造をとったことで損をしています。星と同じように「街灯り」も滲ませたほうが、光景としてしっくりきます。

添削後　吐息白し滲める星と街灯り

上五を「息白し」とすれば五音になりますが、作者のため息のようなニュアンスを伝えるために、あえて字余りにしてそのまま「吐息白し」としました。

B

残業~~中~~や窓下の聖樹灯が消える

切れを入れることで
カットを替える
強調する
季語＝冬

千原ジュニア

解説

忙しい年末、クリスマスなど関係なく一生懸命仕事をしているサラリーマンの気持ちを詠んだ一句とのこと。

兼題写真からの発想に、オリジナリティがあります。凡人ならば、「窓下」の「聖樹」の「灯」が消えたので、「ああ、もうこんな時間かと気づきました」ということまで書きたくなるものです。しかし、それらを述べずに「灯が消える」とだけ事実を描写。言外に感じることは、読者のために残しておいてあげるのが、俳句の述べ方です。

一点だけ、上五は「残業や」として、カットを切り替えましょう。「や」は「残業」の一語を強調しますので、中七下五の光景をさらに印象づけます。

添削後

残業や窓下の聖樹灯が消える

問

散文的な叙述と韻文的な叙述の違いがわかりますか？　さあ、どちらが「才能アリ」でしょう？

A

雲がゆく又雲がすぎ鯉のぼり

林家木久扇

B

見上げる子たち口のあき方鯉のぼり

小籔千豊

夏井先生からのお題

端午《たんご》の節句・鯉のぼり

答

A

雲がゆ~~く~~き又雲がすぎ鯉のぼり

林家木久扇

季語＝夏

解説

淡々とした描写ですが、五月の「雲」がゆっくりと心地よく動いていく様子が表現できています。「鯉のぼり」の句は、元気よく勢いよく描かれることが多いのですが、この作品のようなゆったりとした味わいも捨てがたいものがあります。

「雲がゆく」の「ゆく」は終止形、いい切りの形になります。ここでカットを切り替えるよりは、一つの雲が行き過ぎたと思うと次の雲が過ぎていくという、つながった映像として表現したほうが効果的。一字だけ替えてみましょう。

添削後　雲がゆき又雲がすぎ鯉のぼり

B

▼語順に工夫を！
▼散文的な叙述になっている

④見上げる子たち③口②のあき方①鯉のぼり

（添削：げる→ぐ　たち→ら　のあき方→で　のぼり→みたいな）

小籔千豊

解説

散文的な叙述です。つまり「見上げる子たち（の）口のあき方（は、まるで）鯉のぼり（の口みたいです）」という普通の文章のあっちこっちを千切って、俳句っぽい音数にしてみたという句です。上五なら字余りにしてもよい、というプチ知識は間違っていないのですが、その工夫がまったく生きていません。

使われている言葉を最大限生かして、手直ししてみます。

添削後

鯉《こい》幟《のぼり》みたいな口で子ら見上ぐ

こうすれば、作者が表現したかった要素は全部入っていて、なおかつ五七五の調べにおさまります。作者はあたかも「鯉幟」のさらなる頭上から、鯉幟を見上げる子たちを見下ろすような構図の作品になりますね。

『プレバト!!』収録に密着！その裏側とは？

視聴者の方から、番組について色々と質問されます。そこで、今回は収録やセットの裏側をご紹介しましょう。

東京と松山を中継している!?

私は愛媛県松山市在住。さらに、出演者の方とセットが分かれていることもあって、「収録の度に中継をつないでいるんですか？」と聞かれることがあります。しかし、実際は出演者の皆さんのセットのすぐ裏側に私のセットもあるんです。

俳句は事前にいただいていますが、皆さんのお話はその場で聞いて、添削をしています。俳句によっては、どんな自解が飛び出すかハラハラしながら耳をすませています。

たくさんのスタッフで作り上げている『プレバト!!』

最初の頃、一つの番組にこんなにたくさんの人が関わっ

ているのかと驚きました。なんせ、六グループ編成でローテーションしながら、番組を作っているんです。制作スタッフは、常に入念な話し合いを重ねています。メイク・着付けの皆さんもこまやかな心遣いで丁寧に直してくれます。音声さんはその日の体調によって聞こえ具合の違う私の右耳に気配りしてくれる。そして、収録中は、目の前で話を聞き反応してくれるカメラさんがいる。多くのスタッフが心を込めて番組の枠組みを作ってくれるからこそ、私たちは俳句に打ち込むおもしろさを伝えられるのです。

問

映像をどうオリジナリティをもって一句にするか。そこに、才能アリ・ナシの分かれ目があります。さて、どちらが「才能アリ」でしょう?

A

月光に頬寄せ歩く老夫婦

塩地美澄

B

君の耳ただ満月の照らす音

パンサー 向井慧

写真提供：ピクスタ　写真：東寺

夏井先生からのお題

中秋《ちゅうしゅう》の名月

答

A

月光に頬寄せ歩く老夫婦　塩地美澄

を行く
り添いて
▼中七が平凡

解説

「月の光の中で、年輪を重ねたご夫婦が寄り添う姿を見つめながら自分も長い夫婦関係を築いていけるような結婚がしたいと願う気持ち」を表現したという作者。「連れ立って歩く老夫婦の後ろ姿」は「月が古塔に寄り添って昇る様子」を象徴しているとのことでした。

気持ちはわかりますが、発想が極めて平凡。「頬寄せ歩く」もよく使われるベタな表現。添削しても、平凡から抜け出すのは難しいですが、作者の意図に言葉を近づけてみます。

添削後　寄り添いて月光を行く老夫婦

添削後　塔へ月寄り添うごとく老夫婦

作者の表現したかった内容は、このように書き分けられるべきでしょう。

B

君の耳ただ満月の照らす音

季語＝秋

月の光を音にたとえる発想がよい

パンサー　向井慧

解説

普通は、「満月」とあれば「照らす」は不要ですが、この句の持つ詩の核というべきは、「満月」の光に「音」があると感じている点です。「照らす」は捨て石のような働きをしつつ、最後の「音」という一字へとイメージをつなげます。

「君の耳」というズームアップの映像から始まるのも効果的ですね。詩歌の世界で、「君」は恋愛対象を指します。「君の耳」が間近で見えるほどの距離にいること、その耳には「ただ満月の照らす音」だけが聞こえているということが静けさの表現にもなっています。「満月」の美しさ、静けさ、「君の耳」の美しさ、忘れがたい夜の記憶。恋の句として十分に味わえる作品です。

「照らす」の一語にさらなる添削の可能性も考えられますが、この句の場合は「月光」と「照らす」が一句に同居しても、作品を成立させることができる例として、添削しないでおきましょう。

問

具体的な情景を描くことは重要なポイント。果たしてどちらが「才能ナシ」でしょうか？

A

湯《ゆ》飛沫《しぶき》が後に控えし燗《かん》急《せ》かす

ケンドーコバヤシ

B

湯気はずむぬくもり寄りて心あったまる

はるな愛

写真提供：ピクスタ

夏井先生からのお題

草津の湯もみ

答

A

湯飛沫が後に控えし燗急かす　ケンドーコバヤシ

（添削：が→よ、し→る、熱、急かす→よ）

季語＝冬

▼散文的

解説

温泉の「湯飛沫」を満喫し、その後の「燗」の酒も楽しみでたまらない、その気持ちにはおおいに共感します。しかし、一句の調べが作品の思いに似合っていないというか、何やら気ぜわしい感じを与えてしまう。「急かす」という動詞が、せわしない気分を助長しているに違いありません。

俳句の「調べ」と「内容」は連動していなくてはいけません。ワクワクする句ならばワクワクする調べを、ドタバタしている句ならばドタバタした調べを演出する必要があります。この句に必要なのは、ワクワク感を演出する調べですね。

添削後

湯飛沫よ後に控える熱《あつ》燗《かん》よ

「～よ～よ」のリフレインが、明るい期待感を表現してくれます。

B

湯気はずむぬくもり寄りて心あったまる　はるな愛

季語 冬の
▼これだけでは季語ではない。季語「冬」を加える

湯もみの声弾む
▼湯もみの場面だとはわからないので修正

解説

上五から下五まで「湯気」「ぬくもり」「あったまる」と、イメージの似た言葉が重ねられているだけで、何一つ明確な場面は描かれていません。季語もないですし、一読し、寄せ鍋の句かと思ったぐらいです。せめて「湯もみ」の場面であることをきちんと書きましょう。

添削後

湯気はずむ湯もみに心あったまる

これでひとまず場面は成立しました。しかし、こうしたところで季語は入っていません。湯もみの声を表現し、さらに季語を入れてみます。

添削後

冬の湯気はずむ湯もみの声弾む

ここまで添削して、やっと季語と場面が入ります。結果として、原句の上五「湯気はずむ」しか残っていませんが……。

問

俳句において詰め込みすぎは禁物。シンプルな表現に思いを込めることが重要だと考えると、どちらが「才能アリ」でしょう?

A

土手《どて》青む朝の散歩の足運び

田山涼成

B

土筆《つくし》野《の》や富士雪雲に重ね風

田中道子

夏井先生からのお題

つくしと富士山

答

A

土手青む朝の散歩の足運び

田山涼成

季語＝春

▼動詞？名詞？どちらに読むか

解説

「下萌《したもえ》」の傍題《ぼうだい》「土手青む」が春の季語です。「土手」の草が青くなったという春の光景から「朝の散歩」の場面へ。心地よい軽やかな時間ですね。下五「足運び」を名詞と読むか、動詞と読むかによって、ニュアンスは多少変わりますが、私は名詞と読みました。いつになく軽やかな「足運び」であることに気づく。それが、春の気分ということになります。

うまい句というわけではないのですが、実感のある句。悩ましいところですが、添削しないままのほうが、作者の手触りがあってよいと思います。

B

土筆野や富士雪雲に重ね風

季語＝春

の
へ
めく

▼この一語が意味をわかりにくくしている

田中道子

解説

「春の土筆野に横たわって富士をながめるとまだ雪のつもっている所もあります。その雪が富士の青さと青空の中に浮かぶ雲のように見えるので、ここから何度もあたたかい風を送り、雲か雪を動かしてあげたい」との思いを込めた一句のようです。

思いにはオリジナリティがあるのですが、残念ながら作者の解説を聞かないと、中七下五の意味がわかりません。無理矢理言葉を詰め込んで、中七下五が破裂してしまった句です。

原句の言葉をできる限り使って添削してみましょう。

添削後

土筆野や雲めく富士の雪へ風

問

言葉の重複を避けるのは重要なポイントです。どちらが「才能アリ」でしょうか？

A

春一番吹く風ただよう飛行雲

松崎しげる

B

ジェット機の音轟《とどろ》くや梅揺れる

柳ゆり菜

夏井先生からのお題

梅と飛行機

答

A

春一番吹く風ただよう飛行雲　松崎しげる

季語＝春

× ×

崩れ

▼飛行する雲のことと読まれる

機

解説

「春一番」とあれば「吹く」も「風」も不要です。下五は五音にするために「飛行雲」としたのでしょうが、この語にも違和感があります。雲は、ある意味ずっと飛行していますからね。ここは字余りになってもちゃんと「飛行機雲」と書くべきです。

一つだけ誉めたいのは、「ただよう」という描写。強い「春一番」に崩れていくさまを表現しようとしたのですね。ただ、その工夫も「吹く風ただよう」という語順の中におかれると、「風がただよっている」と誤読されるかもしれません。

ここは、中七を使って「飛行機雲」をしっかりと描写しましょう。

添削後

春一番崩れただよう飛行機雲

B

ジェット機の音轟くや梅揺れる

▼どちらか一つでOK

空

すぐ上の言葉を強調する

柳ゆり菜

解説

作者は、「春の風で揺れている梅がまるでジェット機の爆音が響いて揺れているようだ」という兼題写真の光景をそのまま言葉でスケッチしました。そのままでよいの?と思う方もいるでしょうが、そのままを描けることこそが言葉の技術。ジェット機の音を聞きとめ、「梅」がまだ冷たい風に揺れているに違いないと感じる。聴覚や触覚を素直に言葉にしています。

ただ、中七の「音」と「轟く」は、どちらか一つでよいですね。この場合は、「轟く」のほうが迫力があります。外した「音」の二音を使って、空間を広げてみましょう。

添削後

ジェット機の轟く空や梅揺れる

こうすると「空や」の詠嘆によって、空間がぐっと広くなり、そこにまだ冷たい風に揺れる「梅」が配置されるというわけです。

問

せっかく俳句を作るのだから、自分なりの工夫を込めたい。その思いは素晴らしいものです。しかし、その工夫が機能していなければ意味がない。さあ、その観点で見るとどちらが「才能アリ」でしょう？

A

決断の我を見守れ冬の富士

柴田理恵

B

歩む度富士と背比べ春見坂

升毅

写真：鈴木一正

夏井先生からのお題

富士見坂のある風景

答

A

決断の我を見守れ冬の富士

▼地理の季語と読むべきか

柴田理恵

解説

自分自身への励ましを、力強い言葉で言い切りました。「決断の我を見守れ」という命令形が、誰に向かって何を述べられているのかと思いきや、「冬の富士」が出現。下五「冬の富士」の厳しくも美しい山容が、「我」の「決断」をどっしりと受け止めます。

「雪の富士」とすると映像が鮮明にはなりますが、上五中七の呟《つぶや》きを受け止める季語としては、「冬」という厳しい季節の中にそびえ立つ「富士」の存在が強い力を発揮します。ヘタに添削するよりは、率直な思いを尊重したい一句です。

B

歩む度富士と背比べ春見坂　升毅

み
ゆく
見る坂は
「坂」をリフレインさせて、調べを作っている
▼造語の季語か？

解説

「富士と背比べ」という発想が陳腐。高いモノがあれば、すぐに「背比べ」したがるのも凡人的発想です。下五「春見坂」という造語も、無理矢理に季語を入れた感がありますね。俳句はたった十七音しかありませんので、複数の工夫を生かすにはそれなりのテクニックが必要。初級者コースの皆さんは、一句に一工夫ぐらいから練習するのが無難です。

この句の場合、どちらの工夫を生かすのが得でしょう？「富士と背比べ」の陳腐な表現よりは、「春見坂」の造語を生かしましょうか。

添削後

歩みゆく富士見る坂は春見坂

「歩みゆく」で人物の動きが描写され、「富士見る坂」「春見坂」と韻《いん》を踏むことで、韻文らしい調べも生まれます。調べがゆったりとすると、読む人の心にもゆったりとしたイメージが伝わるのです。

問

季語をどう使うか。俳句にとっては第一義のポイントです。季語を生かせている「才能アリ」はどちらでしょう?

A

黄金《おうごん》の天蓋《てんがい》の下《もと》秋仰ぐ

杉本彩

B

銀杏《いちょう》がベンチの上でひと休み

ジャングルポケット 斉藤慎二

撮影：大谷泰三

夏井先生からのお題

外苑のイチョウ

答

A

美しく堂々とした比喩

黄金の天蓋の下秋仰ぐ

季語 秋

杉本彩

解説

「黄葉《こうよう》」とか「銀杏《ぎんなん》」などの言葉はどこにもありませんが、「黄金の天蓋」が比喩であることは、下五「秋仰ぐ」で想像できます。また、「〜の下」によって作者自身が立っている位置を明確に描けている点、「仰ぐ」で作者の動作が描写できている点も誉めたいポイントです。「黄葉」「紅葉」を仰ぐのではなく、「『秋』という季節そのものを仰いでいるよ」と表現することで、一種の格調も生まれ、「黄金の天蓋」という言葉と響き合います。添削の必要はありません。

B

▼発想が幼稚!!

▼せめて五音に……

銀杏が《さん》ベンチの上でひと休み

ジャングルポケット　斉藤慎二

解説

「銀杏」は「いちょう」と読めば三音、「ぎんなん」と読めば四音の季語。このような場合は、読み手の側が判断して読んであげるのが、俳句における暗黙のルール。上五「銀杏が」とあれば、「ぎんなんが」と読めば五音だなと、読み手は気を遣って読んであげます。が、作者によると「いちょう」だとのこと。なぜこの人は、上五の唐突な字足らずが気にならないのか。音数に対する鈍感さを思わずにはいられません。

ちなみに、「銀杏《いちょう》」は「銀杏散る」「銀杏降る」とすると季語になりますが、「銀杏《ぎんなん》」は単独で季語です。

原句の幼稚な語り口に見合った添削を考えるならば、以下のような方法で、上五を五音にする程度でよろしいかと思います。

添削後

銀杏さんベンチの上でひと休み

問

作者の思いや見た情景をきちんと十七音で表現することができている「才能アリ」はどちらでしょう?

A

笑い声残る足あと雪景色

優木まおみ

B

雪かきはしないで欲しいと肩寄せる

ロバート 秋山竜次

夏井先生からのお題

雪だるま

答

Ⓐ

笑い声残る足あと雪景色

優木まおみ

音を比喩とした映像化

▼足元が意識される季語の方がよい

の原

解説

「『笑い声』が残っているかのような『足あと』だよ」という発想にオリジナリティがあります。「笑い声」は、聴覚。その声を思わせておいて、「足あと」という視覚に転化していくテクニックも使いこなせています。

このままでもよいのですが、下五を少し変えるとさらに効果的です。「雪景色」という季語の持つ視線は、ぐるりと三六〇度見回すイメージですが、「雪の原」にすると足元から広がる視線になります。「足あと」をより鮮明に印象づけることができますね。

添削後 笑い声残る足あと雪の原

B

雪かきはしないで欲しいと肩寄せる

季語＝冬

▼人間が言っているの？　雪だるまが言っているの？

（添削：しないで→やめて、る→雪だるま）

ロバート　秋山竜次

解説

表現したかった内容と表現された言葉の間の溝がとてもある一句。兼題写真を見ていない人がこの句を読んだ時、どんな意味を読み取るでしょうか？　暖かい部屋の中で肩寄せている男女、「雪かき」をしようと立ち上がった男に、女は「雪かきはしないで」もっと二人でイチャイチャしていましょうと「肩寄せる」場面を思い浮かべるかもしれません。つまり、きちんと「雪だるま」という言葉を入れないと、作者の意図している光景は浮かんでこないということです。

「雪だるま」の五音を入れるためには、五音削らなくてはいけません。不要な言葉がないか探してみましょう。「雪かきはしないで」といえば「欲しいと」といわなくてもわかります。「欲しいと」を削れば四音ゲット。あと一音は、「雪かきはしないで」を別の言い方に変えることで確保できそうです。

添削後　雪かきはやめて肩寄せ雪だるま

季語が二つにはなりますが、主たる季語は「雪だるま」となるので大丈夫。

問

自身がイメージする情景をどの季語を選んで表現するかも才能のわかれ目。さて、「才能アリ」はどちらでしょう？

A

花畑夢のつぼみが訪問者　井森美幸

B

遠き日のコスモスの丘ふたりづれ　堀内孝雄

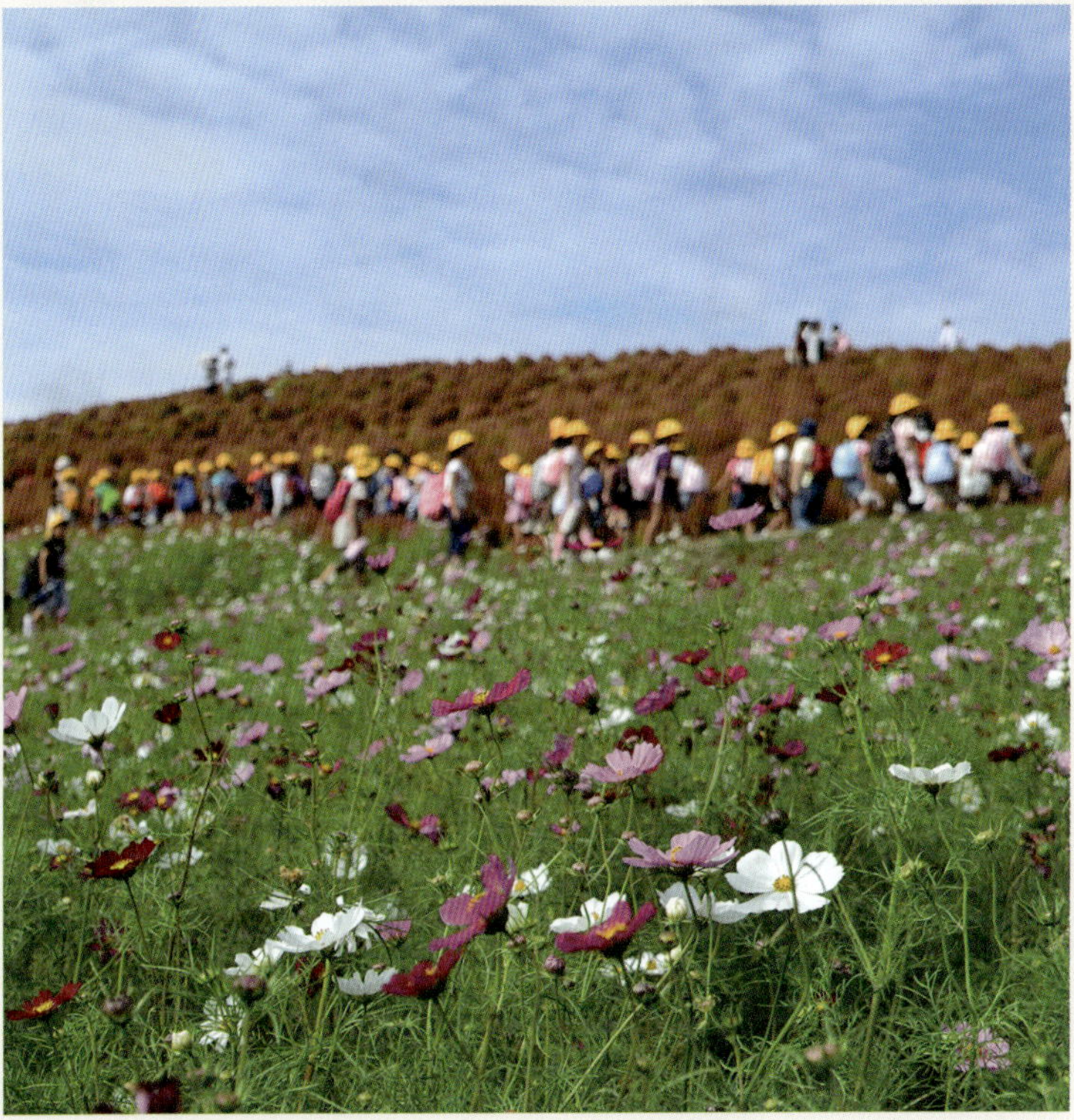

夏井先生からのお題

コスモス

答

A

花畑夢のつぼみが訪問者

井森美幸

季語＝秋
コスモス
や
の子どもたち
▼誰のこと？

解説

「花畑」「花壇」は秋の季語。ちなみに「お花畑《はなばたけ》」は夏の季語で、高山植物が咲いている景色を意味します。

遠足中の子どもたちに未来の可能性を見たという作者。中七下五の「夢のつぼみが訪問者」にそのイメージを込めたようですが、「夢のつぼみ」が子どもたちを比喩している上に、「訪問者」とすることでさらなる比喩が重なり、意味がわかりづらくなっています。ここはもう少し素直に述べてみましょう。

添削後

コスモスや夢のつぼみの子どもたち

上五の季語も「花畑」から「コスモス」に変えることで、「夢のつぼみ」という詩語がマッチしてきます。下五の「子どもたち」が出てきたとたん、にぎやかな声も聞こえてきますね。

post card

160 - 0022

恐れ入りますが
切手をお貼り下さい。

東京都新宿区新宿5-18-21

(株)よしもとクリエイティブ・エージェンシー
クリエイティブ本部 出版事業センター

ヨシモトブックス編集部行

フリガナ	性別	年齢
氏名	1.男　2.女	

住所　〒□□□-□□□□

TEL　　e-mail　　@

職業　会社員・公務員　学生　アルバイト　無職
マスコミ関係者　自営業　教員　主婦　その他（　　　）

ヨシモトブックス　愛読者カード

ヨシモトブックスの出版物をお買い上げいただき、ありがとうございました。
今後の企画・編集の参考にさせていただきますので、
下記の設問にお答えいただければ幸いです。
なお、お答えいただきましたデータは編集資料以外には使用いたしません。

本のタイトル

お買い上げの時期

年　月　日

■この本を最初に何で知りましたか?

1 雑誌・新聞などの紹介記事で（紙誌名　　　　）
2 テレビ・ラジオなどの紹介で（番組名　　　　）
3 ブログ・ホームページで（ブログ・HP名　　　　）
4 書店で見て
5 広告を見て
6 人にすすめられて
7 その他
（　　　　）

■お買い求めの動機は?

1 著者・執筆者に興味をもって
2 タイトルに興味をもって
3 内容・テーマに興味をもって
4 書評・紹介記事を読んで
5 その他（　　　　）

■この本をお読みになってのご意見・ご感想をお書きください。

［　　　　］

■「こんな本が読みたい」といった企画・アイデアがありましたらぜひ！

［　　　　］

★ご協力ありがとうございました。

B 遠き日のコスモスの丘ふたりづれ

季語＝秋

▼「ふたりづれ」では第三者のイメージになる

二人　ゆく

堀内孝雄

解説

「コスモスの道を懐かしく見つめる、遠い日のことを回想して作品にした」という作者。「遠き日のコスモスの丘」という表現はロマンチックですね。そこに、「ふたり」という人物を配したのもよい。「ふたり」の関係を想像させますし、「コスモス」という季語のムードにも似合います。

ちょっと気になるのが、最後の「〜づれ」です。「ふたりづれ」は第三者として見ているような感じがします。作者のイメージとしては、「ふたり」のうちの一人は自分のようですから、そこのニュアンスを少し変えてみましょうか。

添削後　遠き日のコスモスの丘ゆく二人

添削後　遠き日の丘コスモスを行く二人

カットの切り替え方で、印象は少し変わりますね。

問

意図を表すためにどのような語順にするか。吟味が必要なポイントです。さあ、「才能ナシ」はどちらでしょう?

A

父母兄も渡ってゆきし虹の橋

西郷輝彦

B

虹の門根元を探し出づるかな

鈴木ちなみ

夏井先生からのお題

東京駅と虹

答

A

父母兄も渡ってゆきし虹の橋　西郷輝彦

（そして）（わたり）

▼「橋」とあれば「渡る」のは当然。意味が重複

解説

肉親を思う心と「虹」のイメージを重ねたい気持ちはよくわかります。ただし、「渡ってゆきし」とあり「虹」とあれば、それが「橋」のようだという見立てではなくてもOK。「父母兄」と人物をさきに述べるよりは、「虹」という光景から描いたほうが、季語が主役になりそうです。

添削後

虹わたりゆきし父母そして兄

前半「虹わたりゆきし」と描くことで、まずは大きな「虹」の映像が読者の脳裏に立ち上がり、さらに「わたりゆきし」とは誰が渡っているのだろうという小さな疑問が生まれます。その疑問に答えるかたちで「父」の姿「母」の姿、「そして兄」と順に渡っていく姿が脳裏に浮かんでくる。大切な人たちへの思いが、ゆったりとした時間と重なります。

B

虹の根元を探し出づるかな

鈴木ちなみ

いざ旅に出ん
▼イメージがダブる
す
旅

解説

言いたいことを整理すると、要は「虹の根を探す」ということですよね。たったそれだけのことを、かっこよく書こうとしたけれど、その努力によって意味がとらえにくい句になってしまいました。

「探し出づるかな」は、きっと旅に出るイメージなのだろうと思いますので、「旅」という一語を入れてみましょう。

添削後

いざ旅に出ん虹の根を探す旅

「いざ旅に出ん／虹の根を探す旅」／のところに意味の切れ目がありますが、全部足すと十七音になります。「出ん」は、「出よう！」という意志。「旅」を二度使うことで、一句に調べが生まれます。

問

きちんと作者の思いや情景を表現できている「才能アリ」はどちらでしょう？

A

札を釣る竿にも見える梅の枝

羽田圭介

B

絵馬結ぶ視線の先の紅梅よ

足立梨花

夏井先生からのお題

梅の湯島天満宮

答

A

札を釣る竿にも見える梅の枝　羽田圭介

▼何の札かを明確に
絵馬千枚
かに
紅
は

解説

兼題写真を見ているので、表現したいことは想像がつきますが、そのような予備知識のない人がこの句を読めば、「札を釣る竿」の部分でキョトンとしてしまいます。そもそも「札」が「絵馬」であるとは思えません。「札＝紙幣＝金」という発想をたどる人がほとんどではないでしょうか。「梅の枝」が、「万札を釣る『竿』にも見えますよ」と読まれてしまったら、作者の意図はまったく伝わりません。「札」を、金ではなく「御札」だと読んでくれたとしても、「札を釣る竿」はやはり何なのかわからない。まずは、「札」が「絵馬」であることをきちんと述べましょう。

添削後

絵馬千枚釣るかに紅梅の枝は

上五字余りにするテクニックと中七下五全部を足すと十二音になるテクニックを使っています。「絵馬千枚」は、具体的な数の描写ではなく、すごくたくさんあることの美称。「絵馬千枚」を吊り上げるかのように「紅梅」は、「枝」を伸ばしていますという一句になります。

B

絵馬結ぶ視線の先の紅梅よ

足立梨花

に

の咲《わら》う

▼助詞「に」とすれば伝わる

▼余った音数をどう使うか？

解説

「絵馬結ぶ」という行為から、その「視線の先」をたどると「紅梅」が咲いているという視線の誘導がよいですね。「絵馬」という願い、「結ぶ」という行為、これらの先に季語「紅梅」があることで、明るい予感が表現されています。

惜しいのは、「〜の先の」という叙述。「絵馬結ぶ視線に」というだけで、「〜の先に」のイメージは伝わります。動詞を変えて、さらなる春らしさを演出してみましょう。

添削後 絵馬結ぶ視線に紅梅の咲《わら》う

「咲く」と書けば「さく」ですが、「咲う」と書くと「わらう」です。花が笑うようにほころびる様子を表現する動詞です。

ワンランクアップするには、「視線」という言葉を使わずに、視線を思わせる工夫も考えられます。

添削後 絵馬結ぶ空の青さよ紅梅よ

『プレバト!!』で知った俳句は日本語の美しさを称える魅惑の世界

「ミスタープレバト!!」こと梅沢富美男さんですが、俳句にはじめて触れたのは、番組がきっかけだったといいます。俳句のどこに魅了されたのでしょうか。そして、四年間でここまで上達した勉強法とは? 俳句を学ぶヒントが満載です!

俳句のリズムと言葉に親近感

『プレバト!!』で最初に俳句を作ったのは四年前。

頬紅き少女の髪に六つの花

これまで、俳句なんて詠んだことも、詠もうと思ったこともありませんでしたが、さすがの才能でこの句がなんと大好評!

いざ俳句の世界を覗いてみると私が生業としている芝居の世界とたくさんの共通点があったんです。例えば、芝居には七五調といわれるセリフまわしがある。だから、俳句の五七五のリズム感がしっくりきたのです。

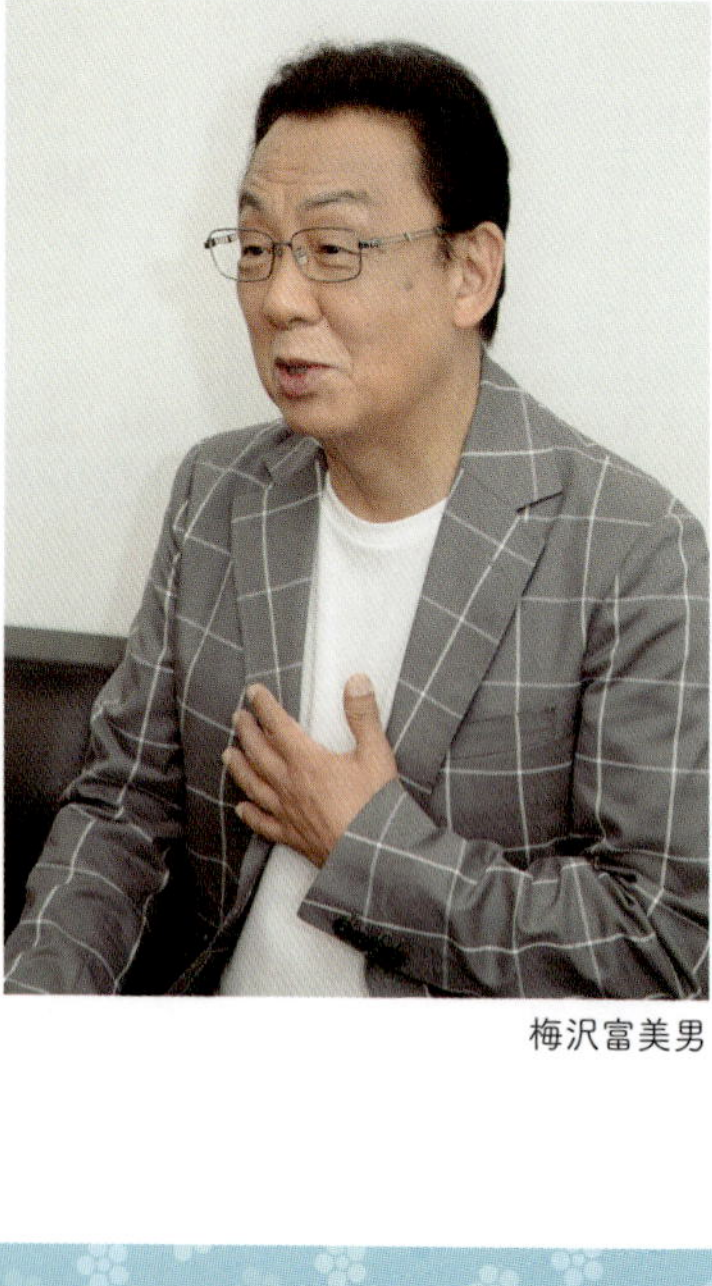

梅沢富美男

俳句の奥深い魅力と〝俳句地獄〟に翻弄される

これまで作った俳句で、一番気に入っている俳句がコレ。すばらしいでしょ（笑）？

蜜柑「け」とばっちゃが降りた無人駅

青森県の無人駅で、林檎の行商のばあちゃんに出会ったことから発想を広げて生まれました。

しかし、そんな私も俳句の地獄に落ちることがあります。夏の炎帝戦スペシャル（二〇一七年六月二十九日放送）で六位になった時には「この野郎！　そんなはずはないだろうが」と思いましたね。正直、他の人の俳句を聞いても自分の句が一番。視聴者の皆さんもそう思ってたでしょう（笑）。

スランプの原因としては、テクニックを覚えてひねり過ぎているということ。芝居でも、若々しくてよい演技をしていたのに、テクニックを覚えて変なクセが付き、魅力を失ってしまうことがある。俳句でも同じようなことが起こるのかもしれないな。

名人として頂きに上るための〝俳句勉強法〟

なっちゃんの本は全部買っていますよ。俳句にも踊りと同じように流派がある。〝夏井流〟を極めたいね。

今は、街を歩いていても、車で移動している時も、景色を見ながら俳句の種を探すのがクセ。先日、神社に行った際、若い子が鳥居の真ん中を堂々と歩いていました。一方で、お年寄りは、端っこを歩いている。この若者たちは鳥居の真ん中は神様が通るということを知らないんでしょうね。「厳かにお参りに行くお年寄り」と、「旅行で楽しげに立ち寄っている若者」という対比ができるかもしれない。俳句をはじめてから、そうした風情が気になるようになったねぇ。

そして、「これはいいな」「おもしろいな」と引っかかったものは必ずメモをする。たくさん書き残して、俳句を作る際はそれらの言葉を研ぎ澄ませていく。そんな作業の繰り返し。

俳句から日本語の美しさを感じる

俳句は日本語の美しさを学ぶことができるとても素晴らしい文化。俳句から「こんなおもしろい表現があるんだ」「日本語ってこんなに綺麗なんだ」、そんな思いを味わってほしい。最近では、おいしくても「ヤバイ」、ピンチの時にも「ヤバイ」、感動しても「ヤバイ」の一言で済ませてしまう。その言葉の貧困さが「ヤバイ」ってぇの。女性を「綺麗」と誉めるにも、何通りもの日本語の表現がある。その人が最も喜ぶ表現を何通りもある中から選べるのが日本語の素晴らしさ。そういう男がやっぱりモテるしねぇ。

時を経ても変わらずに日本語の美しさを称えているのが、俳句の世界。そういう意味で、『プレバト!!』はバラエティー番組だけれども、日本語の美しさ、奥深さを学べる教育番組になっていますね。

2章

名人・特待生昇格か？
現状維持か？
はたまた降格か？

問

名人の一句！　評価のポイントは、語順が生きているかどうか。
さあ、昇格か？　現状維持か？　はたまた、降格か？

銀盤《ぎんばん》の弧《こ》の凍りゆく明けの星

梅沢富美男

作者の自解

人がいる賑やかなスケートリンクではなく、人のいないさみしいスケートリンクを表現したいと考えて、句を作りました。季語が重ならないように、「銀盤」と「明けの星」が季語ではないか確認しました。結果的に、季語ではなかったので、「凍る」という季語を据え完成させました。

答

査定

ワンランク昇格！

解説

語順がうまいですね。「銀盤」という冷たく光る氷の光景を描き、「弧」で氷面をクローズアップし、さらにその「弧」が削られたままの形で「凍りゆく」とささやかな時間の描写をしています。この複合動詞の使い方もさすがです。

最後に、下五で「明けの星」を置き、しらじらと明けてゆく野外のスケートリンクがゆっくりと朝の光の中に見え始める様を描いています。光景だけでなく、時間を詠み込むのは、実に難しい技ですが、それをさりげなくやっているのが、さすが名人です！

問

評価のポイントは、「歯磨き粉」という言葉がこの位置にふさわしいかどうか。
さあ、昇格か？　現状維持か？　はたまた、降格か？

アメリカの歯磨き粉色した浮き輪

FUJIWARA　藤本敏史

写真提供：ピクスタ

作者の自解

写真のカラフルでポップな色の浮き輪を何かの色で表現したいと考えました。そうしたら、アメリカにロケに行った際にスーパーで買った歯磨き粉の色がちょうどこんな色だったことを思い出しました。

答

査定

ワンランク昇格！

解説

「アメリカ」「歯磨き粉」「浮き輪」全く関係のない単語がつながれていくことで、意味を構成しています。

「アメリカの浮き輪」だけだと、アメリカ製の浮き輪という意味を伝えるのみなので、あまりおもしろくないのですが、中七のこの位置に、「歯磨き粉色」という言葉が入ることで、意外性が加わります。その点が、うまい。「アメリカの歯磨き粉」かと思ったら、「歯磨き粉色」と展開し、さらにそんな色をした「浮き輪」なのだと、最後に季語が出現する。言葉の操作が巧みです。軽やかにして楽しい一句に仕上がっています。

問

評価のポイントは、中七が生きているかどうか。
さあ、昇格か？ 現状維持か？ はたまた、降格か？

鉄《てつ》格《ごう》子《し》隙間さ迷ううろこ雲

東国原英夫

写真提供：ピクスタ

作者の自解

知事時代、刑務所（独居房）を視察した。その時、房の窓の隙間からうろこ雲が見えた。受刑者はどんな気持ちでこのうろこ雲を見るのだろう。社会の隙間をさ迷ってきた自分の人生を後悔をもって見つめるのだろうか、うろこ雲のような人生だったと思うのだろうか、と思いを馳せました。

答

査定

ワンランク降格！

解説

兼題写真の雲を、刑務所の「鉄格子」の中から見上げていると発想を飛ばした点は誉めたいですが、残念ながら中七の叙述が散文的。「鉄格子（の）隙間（を）さ迷ううろこ雲（です）」という散文の助詞や助動詞をカットして、俳句の音数にはめたというタイプの句です。重要なポイントとなる「鉄格子」がどこにあるものかを書くべきです。こういう時は、遠くの光景から描くことで、臨場感が出てきます。

添削後

うろこ雲行く独房の鉄格子

作者の表現したい「受刑者はどんな気持ちでこのうろこ雲を見るのだろう」という思いは、このような表現をしてこそ読者に手渡すことができるのです。

問

評価のポイントは、「踊る」という擬人化が生きているかどうか。さあ、昇格か？　現状維持か？　はたまた、降格か？

人《ひと》熱《いき》れ頭上に躍る祭笛

ミッツ・マングローブ

作者の自解

夏祭りの人混みと賑わい、息苦しくなる蒸し暑さの中、ぴーひゃらりと聞こえてくるお囃子《はやし》の笛の音が、ひとときの涼しさを与えてくれる。人混みはなかなか思うように動いたり進んだりできないが、音は自由に流れていく。そんな軽やかさを表現したいと思いました。

答

査定

現状維持

解説

「躍る」という動詞のイメージは、季語「祭笛」に内包されています。「祭笛」が涼やかに聞こえてくる、というニュアンスを表現したいのならば、「走る」ではどうでしょうか。

上五字余りにしてもよいので、作者が「人熱れ」の中にいる状況を明確にします。「頭上」のあとの助詞は「に」ではなく「を」ですね。「に」は場所を示しますが、「を」は経過してゆく空間や時間を意味します。

添削後　人熱れの頭上を祭笛走る

ハッと上に意識を向けると、「人熱れの頭上」を涼しげな「祭笛」が走るという感じを表現しました。もっと表現を的確に、現状維持！

問

評価のポイントは、「春の月」「あたたかし」の二つの季語を入れる狙いが生きているかどうか。さあ、昇格か？　現状維持か？　はたまた、降格か？

春の月消しゴムのカスあたたかし

フルーツポンチ　村上健志

写真提供：ピクスタ

作者の自解

春のやわらかな月が出ている夜、熱心に勉強している人がいる。こすって出たばかりの消しゴムのカスがまだあたたかいようで、強く印象に残りました。

答

査定

ワンランク昇格！

解説

「暖か」は春の時候の季語ですが、この句の「あたたかし」は時候を述べているのではなく、いま消したばかりの「消しゴムのカス」の感触を表現しているわけです。季語として使われているのではない、と考えるべきでしょう。

なんといっても誉めなくてはいけないのは、兼題写真から受験勉強をしている人物を発想していること。さらに、人物そのものを描くのではなく、「消しゴムのカス」を提示することによって、そこにいる人物を想像させるのもさすがです。いま消したばかりの「消しゴムのカス」を思わせる「あたたかし」の一語、さりげなくもうまい表現ですね。「春の月」のやわらかな優しげな表情にもマッチします。

問

評価のポイントは、「照らす闇」という表現が機能しているかどうか。
さあ、昇格か？ 現状維持か？ はたまた、降格か？

節分のセンサーライトが照らす闇

FUJIWARA 藤本敏史

写真提供：ピクスタ

作者の自解

節分の日、玄関の人感センサーライトが誰もいないのについた。鬼が家に入ろうとしているのではないかという思いを詠んだ一句です。

答

査定

ワンランク昇格！

解説

「節分」の句によくでてくる言葉の一つが「闇」ですが、この作品の場合はそれを逆手にとって、「節分」らしさを表現しています。豆撒きの行事が行われるのが「節分」の夜。「節分」とは時候の季語で、元々は季節の分かれ目を意味し、年に四回「節分」がありましたが、豆撒きの行事と合体した、冬の終わりの「節分」だけが、言葉として生き残りました。

「ライト」が何かを「照らす」のは当たり前ですが、ある部分をライトが照らすことによって、それ以外の部分＝「闇」を浮かび上がらせるという表現に工夫があり、詩があります。鬼が歩き回る「節分」の夜、「センサーライト」は何かの邪気をとらえて反応したのではないか。一句の最後に残る「闇」の深さに、読者は目を凝らします。

問

評価のポイントは、「ただいま」という表現が生きているかどうか。
さあ、昇格か？　現状維持か？　はたまた、降格か？

秋の空ただいま秘密基地跡地

NON STYLE　石田明

写真提供：ピクスタ

作者の自解

秘密基地の跡地にいる。地上にも空にも何もない。思い出だけが広がっている。「ただいま」は「たった今」でもあり、帰ってきた「ただいま」でもあることを伝えたいと考えました。

答

査定

ワンランク昇格！

解説

「秘密基地」の句はよく見るのですが、「ただいま〜跡地」という展開にささやかなオリジナリティがあります。「ただいま」に託した二つの意味は、無理なく機能していますね。

子どもの頃に遊んだ「秘密基地」を何十年ぶりかに訪れたのですね。「秘密基地」は跡形もなくなっているけれど、頭上には、変わらぬ「秋の空」の青が広がっている。元気なイメージを残しつつ、郷愁も醸し出しています。

言葉の選択のバランスが良い作品。添削なし！

問

評価のポイントは、中七下五の発想の飛躍が成功しているかどうか。さあ、昇格か？　現状維持か？　はたまた、降格か？

初富士や北斎《ほくさい》のプルシャンブルー

東国原英夫

作者の自解

富士山のプルシャンブルーの紺青《こんじょう》。葛飾北斎が日本で初めて使った色。そして現在でも、北斎が見た富士と同じ色の富士が目の前にあります。富士はこれまで長い長い歴史を見てきました。これからも半永久的に歴史を見ていく富士の前で、「自分の人生」「自分自身」は何とちっぽけな存在なのだろうと感じました。

答

査定

ワンランク昇格！

解説

「富士」から「北斎」という画家を発想する句は時折見ますが、必要以上に内容を語り過ぎて、一句が壊れてしまうこともあります。この句は、「北斎」という人物や時代を説明しようとせず、目の前にある「初富士」を色のみに絞って映像化しています。これがこの句の成功のポイントです。年明け初めて見た富士が、まるで「北斎」の描いた「プルシャンブルー」そのままであることに感動したという一句。夜明け間近の富士でしょうか。俳句にどれほどの言葉を盛り込めるか、理解している名人ならではの一句！

問

評価のポイントは、説明的にならずに情景を表現できているか。
さあ、昇格か？　現状維持か？　はたまた、降格か？

あるじ無き病室の窓四葩《よひら》咲く

梅沢富美男

写真提供：ピクスタ

作者の自解

入院していた患者が亡くなってしまったのか、退院したのか、きちんと整えられた病室のベッド。窓からはたくさんのガクアジサイが見えている様子を表現しました。

答

査定

現状維持

現状維持

解説

上五「あるじ無き病室」は事実だけれど、誰かが亡くなったのか、あるいは退院していったのか、それがわかる映像を描く必要があります。また、中七「〜の窓」はなくても、下五に「四葩咲く」とあれば、窓の外か花瓶に飾ってあるかの想像はできますので、余った音数で「病室」の様子を映像化しましょう。このままでは、「今日はシーツの交換日？」などと誤読される可能性もあります。「ベッド」「シーツ」ではない、何か別の切り口で、「亡くなったのか、退院したのか」と想像できる表現に変えてみます。

添削後

名札外されし病室四葩咲く

「名札外されし」でガランとした「病室」の様子が伝わります。また、「病室」の白のイメージによって、「四葩＝紫陽花」の鮮やかさが際立ちます。

問

評価のポイントは、中七「裾はしょりたる」という描写が生きているかどうか。
さあ、昇格か？　現状維持か？　はたまた、降格か？

チーママの裾はしょりたる梅雨の夜

三遊亭円楽

写真提供：ピクスタ

作者の自解

降り出した雨に、急いで店に向かうホステス。年頃や着物からチーママだろうか。泥はねを気にしながら、着物の裾をはしょって、銀座の街を小走りでかける。その足首の白さを感じて句にしました。

答

査定

ワンランク昇格！

解説

夜の街の軽いスケッチですが、「チーママ」という人物、「裾はしょりたる」という様子を飄《ひょう》々《ひょう》としたタッチで切り取っているのがうまいですね。

なんのために「裾はしょりたる」のかは、「チーママ」という職業と「梅雨の夜」という時間帯の情報によって、充分に想像がつきます。中七は、その人物の動きを映像として描写。傘を傾けて小走りにゆく様子もありありと見えてきます。目の利いた一句になりました。

全力で一番を目指す、『プレバト!!』は素晴らしい〝カルチャースクール〟

「俳句ランキング」がスタートして早四年。ここまで人気の出た理由とは？　番組の仕掛け人・総合演出の水野雅之氏に話を聞きました。

「口悪いな〜」でイケる！と確信

初回の収録中に、浜田（雅功）さんが夏井先生に対して「口悪いな〜、この先生！」と笑顔で言ってくれたんです。これで手応えを感じました。放送後、周囲の人たちからも、「いい先生を見つけたね！」と言ってもらえるようになり、一年ほどかけてじわじわと人気が高まっていきました。

夏井先生が視聴者に支持されるのは、「俳句に対して嘘がないから」だと思います。一度たりともバラエティ的な演出に〝忖度《そんたく》〟をしてくれたことがありません。ゴールデン番組としては難しすぎる添削もあるんです。でも、それを編集でカットしようものなら「もう出演しません」って怒られます（笑）。

あと、一位の句に対して安易に「夏井先生が大絶賛！」とテロップすると必ず叱られます。「そんなに褒めてないでしょ！」って。制作チームも一言一句が真剣勝負です。

スターが生まれ、番組が想像以上に育ってくれた

芸能人の皆さんの喜怒哀楽がとてもよく出ている番組だといわれることがあります。その土台となっているのは、夏井先生に褒められたいという思い。芸能界で成功を収めた大御所でも、やっぱり褒められると嬉しいんでしょうね。だから番組作りも「最下位を笑う

のではなく、一位をちゃんと称賛する」ように心がけています。

番組当初から、「良い大学を出た人ばかりが勝つのではなく、下克上が起きる番組」を目指してきました。「俳句甲子園」で覇者・開成高校に特待生のNON STYLE石田（明）さん、フルーツポンチ村上（健志）さんが勝ってしまうなんてこともありましたし、その目標が形になってきています。

一方で、嬉しい誤算もありました。実は、そもそも僕は「才能アリ」「才能ナシ」は生まれながらのものだと想定していました。でも、努力を重ねた出演者が、続々と名人に昇格して、番組のスターになっていきました。梅沢富美男さんやFUJIWARA藤本（敏史）さんをはじめ皆さんの努力こそが、この番組の原動力です。

三世代での会話が弾む番組を作り続ける

『プレバト!!』を三世代で観ていますという感想をよくいただきます。「番組を一緒に観ている九十歳のおばあちゃんがキスマイ（Kis-My-Ft2）のメンバーの顔と名前が一致するようになりました」なんてコメントもありました。文語表現を習っていない小学生でも、添削前と後ではどちらが良いかわかる。「才能アリ」の俳句は、きっと日本人の一つひとつの小さな細胞レベルに響いているんでしょうね。

毎日放送　『プレバト!!』
総合演出　水野雅之

3章

難問に挑戦！

俳句にはいくつかの上達の
ポイントがあります。
芸能人の皆さんの俳句は
どこを変えるとぐっと良くなるか？
添削してみましょう。

問

「風」とあれば、基本的には「吹く」は不要です。この二音を別な単語に変えると、この句の場面をさらに丁寧に描くことができます。赤ペン先生になりかわって、添削してみましょう。

綿菓子の甘い風吹く夏の夜

皆藤愛子

★ヒント

① 添削後は、「夏の夜の○○綿菓子の風甘し」の○○に2文字入ります。

② 綿菓子を買った後の場面を想像してみてください。

答

節約した二音で、「帰路」という表現を加える。

解説

「綿菓子の甘い風」と表現したところに、この句の詩があります。この措辞《そじ》によって、「綿菓子」のふわりとした感触や匂いが描かれます。ただ、「吹く」は不要。節約した二音を使えば、場面をもう少し鮮明に描くことができます。

添削後

夏の夜の帰路綿菓子の風甘し

「夏の夜の帰路／綿菓子の風甘し」の／のところでカットが切れます。「帰路」の一語が入ることによって、「ああ今日は楽しかった〜」なんて言いながら、「綿菓子」をつまみつつ帰っていく様子がありありと想像されます。

問

助詞「に」の部分には、「や」「は」「の」という助詞が入る可能性があります。作者は「やっと親孝行できて、故郷の母を銀座に案内することができた」という気持ちを表現したいのだそうです。作者の思いに近づけるためには、どの助詞を選ぶべきでしょうか。赤ペン先生になりかわって、添削してみましょう。

母連れて歩く銀座に走り梅雨《づゆ》

博多華丸・大吉　博多大吉

★ヒント

① この句の場合、「や」は強調、「は」は区別、「の」は限定を意味します。

答

助詞「や」を使う。

解説

微妙なニュアンスになりますが、他の助詞との違いを考えてみましょう。

添削例　母連れて歩く銀座や走り梅雨

添削例　母連れて歩く銀座は走り梅雨

添削例　母連れて歩く銀座の走り梅雨

「に」は、「銀座に」という場所を指しています。「や」は、「銀座」という場所を強調。「やっと母を銀座に連れてくることができたよ」というニュアンスが加わります。「は」も一種の強調ですが、「他の場所も色々歩いたけれど『銀座』という土地『は』」と、指さして特定する感じです。「の」には、前の言葉が後の言葉を限定する意味があります。「走り梅雨」も色々あるけれど、「銀座の（走り梅雨）だよ」という表現になります。「なかなか親孝行できずにいた」という作者の弁からすると、「や」が的確ではないかと思います。

添削後　母連れて歩く銀座や走り梅雨

問

作者は、「蝉しぐれ」が「ボレロ」のように聞こえるという比喩にしたかったそうですが、このままでは「ボレロと蝉しぐれが同時に聞こえている状況」であるとも解釈できます。赤ペン先生になりかわって、添削してみましょう。

朝まだき町家にボレロ蝉しぐれ

梅沢富美男

★ヒント

① 助詞「に」を別の助詞にかえる。

② その助詞を別の位置に移動させる。

答

助詞「に」を「の」にかえ、「ボレロ」の下に加える。

解説

「朝まだき」＝「夜の明けきらない頃。朝早く」という意味です。こんな言葉を知っていることも粋ですが、「蝉しぐれ」を「ボレロ」に喩《たと》えるのもおしゃれですね。

上五「朝まだき」が時間情報、中七「町家」が場所、「ボレロ」が音楽＝聴覚情報、下五「蝉しぐれ」が夏の季語＝聴覚の要素と、それぞれがお互いの意味を邪魔せず、機能しています。このあたりの配慮は、さすがです。

問題点は一カ所。中七の「に」です。「町家にボレロ蝉しぐれ」だと、ボレロと蝉しぐれが同時に聞こえてくるとも解釈できます。

添削後

朝まだき町家ボレロの蝉しぐれ

「ボレロの蝉しぐれ」とすると比喩であることが明確になります。

問

「稲すずめ」が砕け飛ぶ様子を表現したかったそうですが、助詞「に」では、「千枚田」が砕けているかのような誤読も生じます。赤ペン先生になりかわって、添削してみましょう。

千枚田海にくだけり稲すずめ

梅沢富美男

★ヒント

① 意味の切れ目を考える。

② 助詞「に」をかえる。

答

「くだけり」を「くだける」とする。
助詞「に」は割愛し、「海」の後に「へ」を加える。

解説

原句の「千枚田海にくだけり／稲すずめ」は、意味の切れ目が／の中七の最後のところにあります。すると、「千枚田」が海に砕けてしまうという災害の句になってしまうのです。

「稲すずめ」が海へむかって飛び立つ様子を「くだけり」と表現しているのだと思いますので、文法的に整えましょう。

添削後

千枚田／海にくだける稲すずめ

こうすると、「くだける」のが「稲すずめ」であるよ、という意味になります。さらに、「海に」だと海に入って砕けるようなニュアンスになりますから、ここは「海」へ向かって飛び立つさまを「くだける」と表現したとわかるよう、助詞を一字かえます。

添削後

千枚田海へくだける稲すずめ

「稲すずめ」が「海」へ砕けていくという作者の意図どおりの一句になります。

問

作者は「窓のないデパートでお会計をしている時に、買い物をした紙袋にビニールがかかっていることに気づき、外は雨だと知った」ことを詠んだのだそうです。作者が表現したかったニュアンスを正確に伝えるためには、助詞「を」「の」をかえる必要があります。赤ペン先生になりかわって、添削してみましょう。

五月雨を知る紙袋のビニール

千原ジュニア

★ヒント

① 助詞「を」を別の助詞にかえる。
② 助詞「の」を別の助詞にかえる。
③ 語順全体を考える。

答

助詞「を」を「と」、「の」を「に」にかえる。
さらに、「紙袋にビニール五月雨と知る」と語順をかえる。

解説

季語「五月雨」に対しての「実感をなんとか言葉にしたい！」という詩的欲求が強く感じられる作品です。助詞二音をかえると、実感が強くなります。

添削後　五月雨と知る紙袋にビニール

「を」は、動作の対象を示しますから、「五月雨（というもの）を知る」という意味合いになります。対する、「五月雨と知る」の「と」は、「五月雨（である）と知る」という表現になります。作者が伝えたい「外の光景を推測している」というニュアンスは、「と」のほうがより伝わります。また、「紙袋のビニール」ではなく、「紙袋に」とすることで「紙袋に（かけられている）ビニール」というニュアンスになります。

添削後　紙袋にビニール五月雨と知る

語順を変え、映像的印象をより強くすることもできます。「あら？『紙袋にビニール』がかけられているわ、外は『五月雨』が降りだしたのね」という意味合いになります。

4章

『プレバト!!』秀句鑑賞

凍《い》て空よ出稼ぎの父待つホーム

鳥越俊太郎

氷りつくように寒い師走《しわす》。出稼ぎに行った父が東京から帰ってくる。ホームに出迎える私の体は冷えているが心は暖かい気持ちになる、そんな情景を詠んだという一句。淡々と語っていますが、光景がくっきりと見えてきます。「出稼ぎの父待つホーム」という十二音で、状況や人物が明確に述べられている点もよいですね。「待つ」の一語で時間の経過も表現。上五「凍て空」のあとの「よ」という詠嘆も、大げさにならずして、「父」を思う気持ちにマッチしています。最後は、「ホーム」という場所で終わることで上五「凍て空」を再び見上げるかのような印象が残り、改めて季語がクローズアップされる点も効果的です。

6の次7の菜の花漕《こ》ぐペダル

藤井隆

兼題写真の「6」が気になったという作者。その先にあるはずの「7」の景色を見に行こうとする前向きな句にしたいという発想が豊か。結果的に、軽やかで楽しい作品となりました。

兼題写真を見ていない人にも、まるで情景が見えるかのように、「イチ、ニ、サン、シ」と声を掛けながら「ペダル」を漕いでいる様子が想像できます。

また、「6の次」の後の「7の菜の花」＝「ななのなのはな」という言葉遊びが心地よい。すぐに覚え、口ずさみたくなるのもこの句の魅力です。

ライン引き残してつるべ落としかな

梅沢富美男

この句の最もおもしろい点は、「引き残し」と動詞で読むか、「ライン引き」と名詞で読むかによって意味が変わることです。「引き残し」と読むと、運動会前日の準備がまだ終わっていないという解釈になり、「ライン引き」を「残し」と読むと、運動会の後片付けがあらかた終わり、最後に「ライン引き」を片付けるだけという場面になります。

つまり、一句が二つの意味を持っており、「運動会前日」と「運動会後」の光景が、それぞれ描かれているということです。

後半の「つるべ落とし」という秋の季語の置き方もうまいですね。動詞読みならば、もう日が暮れてしまうという気ぜわしさを表現しますし、名詞読みならば、やれやれ終わったよという安堵《あんど》と寂しさを伝えます。「かな」という最後の詠嘆も二通りの味わいです。

ゆるゆると鷹《たか》鳩《はと》と化す日のリフト

梅沢富美男

「鷹鳩と化す」が春の季語。正式には「鷹化して鳩となる」という長い季語なので、俳句では「鷹鳩と化す」「鷹鳩に」と短く使うことも。二十四節季をさらに細かく区切った七十二候の一つで、陽暦三月十六日から二十日の頃。のどかな春の気配の中で鷹もおだやかになって鳩に変わってしまう、という意味の季語です。鷹が鳩になってしまいそうな穏やかな日に乗る「リフト」の気持ちよさを、ユーモラスな季語を使って表現しました。

上五「ゆるゆる」というオノマトペ（擬態語）もいいですね。「リフト」を描く時、すぐに出てくるのが「ゆらゆら」というオノマトペ。「ゆらゆら」だと「リフト」の描写のみで終わるのですが、上五に「ゆるゆると」とすると、中七「鷹鳩と化す日」の描写にもなってきます。ゆるゆると過ぎていく麗《うらら》かな春の一日を描きつつ、最後に「リフト」が出てくると、「リフト」がゆっくりと動く様子にもなってきます。リフトに乗っている人たちも皆、「鳩」になってしまいそうな春の日差しです。

写真提供：ピクスタ

羊《よう》群《ぐん》の最後はすすき持つ少年

FUJIWARA 藤本敏史

「羊の群れが道を横断するのを待っていると、一番後ろは手にすすきを持った男の子が続いていた」という情景を詠んだ一句。兼題写真から、よくこのような光景を想像できたものだと感心します。「羊群の最後」で、羊の群れが動いていく様子や時間の経過を表現し、その後に「すすき」「持つ」「少年」と映像が構築されていく、この語順が実にうまい。

「羊群」よりは「群羊」のほうが耳慣れていると思い、念のため確認してみましたら、「羊群」は「羊のむれ」を意味し、「群羊」は「多くの羊」を意味するようですから、この句の場合は、原句のままのほうが正しいということになりますね。

この句のよろしさは、果てしなく続くかのような「羊群」の最後が、なんと「すすき」を持つ「少年」であったという小さな驚き。助詞「は」は、沢山ある中からコレ！と指さすような意味を持っています。「羊群の最後は」なんと「すすき持つ少年」でしたよ、という感動を、この助詞「は」は見事に表現しているのです。

写真提供：フォートラベル　撮影：牧 義人

鎌で切る鶏の首盆支度

東国原英夫

ある時代の田舎では、特別な行事がある日にこのような光景が見られました。この句の一番の工夫は、語順です。まず、「鎌」が出てきます。「鎌」は本来、何かを刈ったり切ったりするものですから、本来「切る」という動詞は不要ですが、この句の場合は「切る」が捨て石のような働きをします。

「鎌」で「切る」って、何を?と思った瞬間、「鶏の首」が出てくる。この衝撃に読み手の脳はフル回転し始めます。なぜ、そんな残酷なことを?　という読み手の疑問は、下五の「盆支度」という季語によって、ある時代のある光景として像を結んでいきます。

選んだ季語が、すべての答えとなりつつ、「鶏の首」を鎌で切ること以外の様々な「盆支度」をも想像させる。このあたりの配慮が実にうまい。季語の効果を十分理解した上で、季語の現場の音や匂いや感触まで生々しく立ち上げている秀句です。

写真提供：ピクスタ

野良犬の吠える沼尻花筏《はないかだ》

東国原英夫

「沼尻」という地名もありますが、この場合は沼の端という意味で読みました。人家の周りをうろついて残飯などを食べて生きる「野良犬」の汚れた姿、「吠える」という不穏な声、「沼尻」という場所、一語一語が光景を作っていきます。これらの言葉は単に光景を再生しているだけでなく、「野良犬」の荒んだ表情＝視覚、「吠える」＝聴覚、「沼尻」のよどんだ匂い＝嗅覚と感覚を刺激します。

「花筏」とは、水面に散った花びらが連なって流れているのを筏に見立てた季語ですが、この沼の「花筏」は流れることもなく「沼尻」によどんでいるのでしょう。「花筏」が浮かんでいるということは、この沼のほとりに桜の木があるということもわかります。「野良犬」はなぜ、この場所で吠えているのか。それを考えると更に不穏な想像も広がっていきます。読めば読むほど奥行きのある一句です。

写真提供：ピクスタ

喧《けん》騒《そう》の溽《じょく》暑《しょ》走り抜け潮《しお》騒《さい》

NON STYLE　石田明

「喧騒の溽暑」で八音、「走り抜け潮騒」で九音。合わせて十七音になるという破調の句です。「溽暑」とは、湿気が多くて蒸し暑いこと。「喧騒」とは、物音や人声のうるさく騒がしいこと、またはそのさまをいいます。都会の蒸し暑さを「走り抜け」て、「潮騒」の聞こえるところに立つ。そのスピード感が、破調で表現されています。「喧騒の溽暑」で一度カットを切って読むと、「走り抜け」からの疾走感がより鮮やかになります。

季語「溽暑」の不快を表現するために、そこから逃れてこそ出会える「潮騒」の光景を提示する考え方はもちろんですが、「溽暑」の蒸し蒸しと汗ばんだ皮膚の感触に対する「走り抜け」ての風の感触。都会の雑踏《ざっとう》を音として聞かせる「喧騒」と海辺の心地よい音である「潮騒」。これらの対比が、実に効果的に使われている点も大いに褒めたい作品です。

テーブルに君の丸みのマスクかな

フルーツポンチ　村上健志

テーブルにあるのは「マスク」のみです。その「マスク」は「君」が使ったものであることを作者は知っているのです。「マスク」に残っている「丸み」はまさに「君」の口のあたりの丸みです。

触れたくて触れられない「君」の形がそこに置かれたままある。「マスク」という冬の季語を描写するのみで、「君」を思う心を表現する。なんと瑞々《みずみず》しい感覚でしょう。そして、なんと素敵な恋の句でしょう。

上五「テーブルに」は、一見、説明的な印象を与えますが、このそっけない詠《うた》い出しが逆に生々しい現実感を醸し出し、それによって、中七下五「君の丸みのマスクかな」という詠嘆がなおさら生きてくる。難しい言葉は一つもないのに、読み手の胸をきゅんとさせる力を持つ。これがまさに俳句という短詩の持つ力なのだと改めて感じ入った次第です。

LUMINE
LUMINE2
Victoria

町会長犬を預る盆踊り

三遊亭円楽

兼題写真のどこかに、こんな「町会長」さんがいるかもしれないと思わせる楽しさ。犬を連れて見物に来たお客さんに、「町会長」さんが、犬を預かってあげるから踊ってきなさいよと勧める。「町会長」さんは、この地区の「盆踊り」の世話もしてきたのでしょうね。

お客さんたちが喜んで踊りの輪に入っていく様子を、ニコニコと眺めているのでしょう。たった十七音で、これだけの場面を詠めるのですから、大したものです。

語順にも工夫があります。「町会長」という人物、「犬」という生き物。それを「預る」という動作。なぜ町会長が犬を預かっているのかという小さな謎の答えが、下五の季語「盆踊り」となります。飄々《ひょうひょう》たる俳諧《はいかい》味の一句。

ベル鳴りて立つ七色の夏帽子

ミッツ・マングローブ

「ベル鳴りて」から始まる展開がうまいですね。中七「たつ」が「発つ」ではなく「立つ」ですから、この「ベル」は、駅の発車ベル？　それとも、開演ベル？　と読者は想像を膨らませます。

虹の写真から「七色の」帽子というモノ、「夏帽子」という季語を発想できたのが、なんといっても新鮮。「七色の夏帽子」から逆に虹のイメージを想像させるのも効果的です。

旅立ちと読んでも、開演ベルに立ち上がる主演女優と読んでも、「夏帽子」という季語の鮮やかさは変わりません。明るく鮮やかな作品です。

梅沢富美男が印象に残る『プレバト!!』の名句

ライバル・フジモンの俳句への印象

どんな風景を見ても、フジモン(FUJIWARA藤本敏史)みたいな発想は絶対に生まれてこない。発想がいいんだよね。俳句は、バックグラウンドの違いで、全く違うものができあがる。フジモンは家族のことが大好きだから、子ども目線の句などがポンと浮かぶ。私は、役者ですから、舞台演出の目線になり、風景や光、音などを切り取る。人それぞれの違いがあるからこそおもしろいね。

最も印象に残っている『プレバト!!』メンバーの一句とは

Kis-My-Ft2の横尾渉くんの一句。

鰯《いわし》雲《ぐも》蹴散らし一機普《ふ》天《てん》間《ま》に

「秋の空」というお題を、終戦日に結びつけた。もちろん彼らの世代は戦争のことなんてリアルタイムで知らないんですよ。だからおそらく、何かが彼の脳みそを刺激して詠まずにはいられなくなった句なんだろうねぇ。決して、「ミスタープレバト!!ジュニア」だからヨイショしているわけじゃないですよ(笑)。純粋に、発想の飛ばし方に共感したし、俳人として伸びていくなと思ったんです。

番組をきっかけに俳句を詠みはじめた方も、情景からご自身の経験、背負うものへ発想を飛ばすことで名句の種が生まれてくる。その人生や世界が十七音で見える。実におもしろいものでしょう?

おわりに

『プレバト!!』出演者の俳句は、収録の五日前ぐらいにメールで送られてきます。作者の名前はわからないまま順位をつけて返すのですが、大変なのはそれからです。「才能アリ」の句はものの三十秒で添削できます。なぜならば、作者が何を表現しようとしているかが瞬時にわかるからです。私を悩ませるのは「才能ナシ」の句です。何を言いたいのかわからない。日本語として成立していないこともしばしば。

添削とは、作者が表現したかった内容と書かれている文字面の隙間を埋めてあげる作業。何を表現したかったのかわからないと、まったくお手上げなのです。そうなると、これはもう推理ゲームの域に入っていきます。四国・松山の我が家から東京のスタジオまで、マネージャーという名の夫・ケンコーさん（一応、俳人）に「この句、一体なにが言いたいと思う？　なんでもいいから可能性を述べて！」と詰め寄ります。まるで探偵シャーロック・ホームズとワトソン君のようです。ともかく、無理やり二つ三つの可能性を見いだし、作者が何を言い出しても対応できるような添削例を万全に用意するわけです。

収録では、まず浜田さんが「〇〇さーん、これどんな思いで？」と作者本人に質問します。ところが、「才能ナシ」の句の作者たちは、想像だにできないことをしゃーしゃーと語りだすのです。その話を聞いたとたん、飛行機の中で考えた添削はどれも使えないことがわかります。一体どうしろというのかッ！と、マジで腹が立ってきます。そんな時は、口では怒りながら、頭は超フル回転。瞬時に新たな添削を考えるしかない。『プレバト!!』の収録は、とてつもなく過酷な現場なのです（笑）。

そもそも添削とは、作者の思いを文字で実現するための、ささやかなお手伝い。作者の思い以上でも、以下でもない。そこを見極めて添削しなくてはいけません。が、一度だけ、手を入れ過ぎたなという添削をしたことがあります。それは、こんな句でした。

向日葵《ひまわり》や眠るむくろに頭《こうべ》垂れ　　東国原英夫

この句を読んだ時、戦死者か、家族か、はたまたペットかと、そのあたりを想像しました。ある程度、予想をして添削を考えていたのですが、作者の語りを聞いて驚きました。

「宮崎県知事の時代、二〇一〇年の口蹄疫《こうていえき》で殺処分された二十九万頭の家畜を埋却しました。その上に一面、夥《おびただ》しい数の向日葵《ひまわり》を植えたのです。毎年、向日葵が咲く頃、そのむくろに向日葵が鎮《ちん》魂《こん》のひかりを当ててくれるように思うのです」

本来ならば原句の言葉をできるかぎり残して添削するのですが、東国原さんの強い追悼《ついとう》の思いが、こちらの心に流れ込んでくるような気がして、思わずこんな添削をしました。しないではいられませんでした。

向日葵や畜魂二十九万頭

「畜魂」という言葉があるのかどうかわかりませんでしたが、「二十九万頭」という言葉に圧倒され、この数詞を何とか表現に生かしたい衝動にかられたのです。

自分の思いを、誰にでもわかる言葉で表現する。正しく伝える、ありありと描く、生々しく語る。それは確かに難しいことかもしれませんが、言葉を使うことは一種のトレーニングです。どうせできないから、どうせ伝わらないから、そんな理由で言葉を諦めてはいけません。

『プレバト!!』を観た皆さんが、俳句を通して言葉に興味を持ってくださる。なんて美しい言葉があるんだろう、なんて豊かな季語なんだろう！と感嘆の声をあげてくださる。この番組がささやかながらも、言葉を慈しみ心を育てるお手伝いができるのならば、こんなに嬉しいことはありません。

『プレバト!!』公式本第二弾、いかがでしたでしょうか。この一冊が、言葉への新しい興味となりますよう願ってやみません。

夏井いつき

● 番組制作スタッフ

プロデューサー
田中良（MBS）
上野大介（MBS）
稲冨聡
（よしもとクリエイティブ・エージェンシー）
林敏博（ビーダッシュ）

制作プロデューサー
加茂忠夫
鈴木美帆

総合演出
水野雅之（MBS）

構成
中野俊成
堀江利幸
樅野太紀
相澤昇
寺田智和

キャスティング協力
田村力

アシスタントプロデューサー
福岡雅秀

● 書籍制作スタッフ

編集
安澤真央（レゾンクリエイト）
佐藤智（レゾンクリエイト）

イラスト
富永三紗子

校正
早瀬文

進行
高橋俊博（MBS）
松野浩之
（よしもとクリエイティブ・エージェンシー）

デザイン
宇江喜桜・熊谷昭典（SPAIS）

編集協力
ビーダッシュ
ビーオネスト

著者プロフィール

夏井いつき　Itsuki Natsui

昭和32年生まれ。松山市在住。8年間の中学校国語教諭経験の後、俳人へ転身。「第8回俳壇賞」受賞など。俳句集団「いつき組」組長。創作活動や指導に加え、俳句の授業〈句会ライブ〉、全国高等学校俳句選手権「俳句甲子園」の創設にも携わるなど幅広く活動中。テレビ・ラジオのレギュラー出演、MBS『プレバト!!』俳句コーナー出演中。朝日新聞愛媛俳壇選者、愛媛新聞日曜版小中学生俳句欄選者。松山市公式俳句サイト「俳句ポスト365」選者。2015年より俳都松山大使。

『2017年版 夏井いつきの365日季語手帖』（マルコボ.コム）、句集『伊月集 梟（マルコボ.コム）』、『100年俳句計画（そうえん社）』『子規365日（朝日新書）』、『絶滅寸前季語辞典（ちくま文庫）』など著書多数。『俳句 新聞いつき組』購読受付中。

kumi@marukobo.com

2択で学ぶ赤ペン俳句教室

2017年11月9日　初版発行

著者　夏井いつき

発行人　内田久喜
発行　ヨシモトブックス
〒160-0022　東京都新宿区新宿5-18-21
電話　03-3209-8291
発売　株式会社ワニブックス
〒150-8482　東京都渋谷区恵比寿4-4-9
えびす大黒ビル
電話　03-5449-2711

印刷・製本　株式会社光邦

ISBN 978-4-8470-9608-2 C0095